Rencontres
en haut
de la tour Eiffel

L'autrice : Mary Pope Osborne a écrit près d'une centaine de livres, récompensés par de nombreux prix. Elle vit à New York avec son mari, Will, mais voyage beaucoup pour rencontrer ses lecteurs. Lorsqu'ils ont envie de retrouver le calme de la nature, ils se réfugient dans leur chalet en Pennsylvanie. Là-bas, juste en face d'un lac, ils ont leur propre cabane dans un arbre...

L'illustrateur : Philippe Masson, né à Rennes en 1965, est issu d'une famille de marins bretons. Il est tombé amoureux de la Touraine où il vit et travaille. Dessinateur de talent, il a illustré de nombreuses séries chez Bayard, et même de la bande dessinée !

Pour Joe Alicata, magicien de l'art.

Titre original : *Night of the New Magicians*

Illustration de couverture et illustrations intérieures : Philippe Masson
Colorisation de la couverture : Élisabeth Jammes

Loi n° 49-956 du 16 juillet 1949 sur les publications destinées à la jeunesse.
Dépôt légal : janvier 2021 – ISBN : 979-1-0363-2450-5
Imprimé en Italie

PEFC™
PEFC/18-31-280
Certifié PEFC
Ce livre est issu de forêts gérées durablement et de source contrôlées
www.pefc-france.org

Mary Pope Osborne

La Cabane Magique

Rencontres en haut de la tour Eiffel

Traduit et adapté de l'américain
par Marie-Hélène Delval

Illustré par Philippe Masson

bayard jeunesse

Léa

Âge : huit ans.

Domicile : près du bois de Belleville.

Caractère : espiègle et curieuse.

Signes particuliers : ne manque jamais une occasion d'entraîner son frère Tom dans des aventures mouvementées, sans se soucier du danger.

Tom

Âge : dix ans.

Domicile : près du bois de Belleville.

Caractère : studieux et sérieux.

Signes particuliers : aime beaucoup les livres, qui l'aident à se sortir de situations périlleuses.

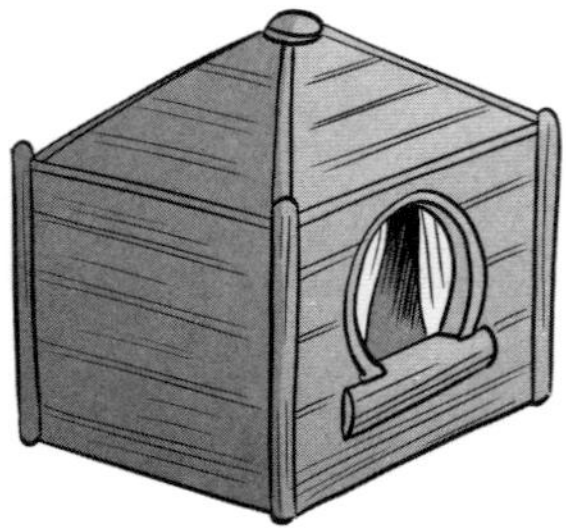

Les vingt-neuf premiers voyages de Tom et Léa

Tom et Léa ont découvert dans le bois de Belleville, perchée en haut d'un chêne, une cabane pleine de livres.

C'est une cabane magique !

Elle appartient à la fée Morgane, une magicienne et une célèbre bibliothécaire qui voyage à travers le temps et l'espace pour rassembler des livres.

Nos deux jeunes héros ont déjà vécu des aventures extraordinaires ! Il leur suffit d'ouvrir un livre, de poser le doigt sur une image en souhaitant se trouver à l'endroit représenté, et ils y sont aussitôt transportés !

Dans le tome précédent, le magicien Merlin a envoyé Tom et Léa à Bagdad, au temps de l'âge d'or, pour aider le calife à répandre la sagesse dans le monde.

Souviens-toi...

29. Tempête de sable

Les enfants ont sauvé un précieux trésor, un livre du grand philosophe grec, Aristote, qu'ils ont rapporté au calife !

Nouvelle mission

Tom et Léa vont utiliser la magie, pour la première fois, tout seuls !

Merlin met Tom et Léa à l'épreuve : il leur demande d'accomplir quatre missions dans quatre pays. Si les enfants réussissent, Merlin leur enseignera les secrets de la magie. Heureusement, pour les aider, Teddy et Kathleen leur offre un livre de comptines magiques.

Sauront-ils éviter tous les dangers ?

Lis vite ces quatre nouveaux Cabane Magique !

28. Venise en péril
29. Tempête de sable
30. Rencontres en haut de la tour Eiffel
31. Au secours de la licorne

Prêt à suivre Tom et Léa
dans leurs dangereuses aventures ?
Bon voyage !

1

Quatre nouveaux magiciens

Tom lit sous le porche, dans la lumière dorée d'un soir d'été. Son sac à dos est posé près de lui : il a décidé de l'avoir toujours à portée de main au cas où une nouvelle aventure s'annoncerait, c'est plus prudent !

Dehors, les grillons grésillent. La clochette d'un marchand de glaces résonne dans la rue.

Léa apparaît dans l'entrée et lance :

– On y va ?

Tom sort le nez de son livre :

– Où ça ?
– Maman m'a donné de l'argent pour acheter des glaces.
– Super !
Le garçon attrape son sac et suit sa sœur sur le trottoir. Le vent leur apporte une odeur de feuilles et de mousse venue du bois tout proche.
Soudain, la petite fille lève un doigt :
– Écoute !
– Quoi donc ? Je n'entends rien.
– Justement ! Quand on est sortis, les grillons chantaient. Et, là, tout est silencieux.
Le garçon tend l'oreille. Sa sœur a raison : le bois de Belleville semble retenir son souffle.
– Tu crois que…, commence Tom.
– Peut-être bien ! fait Léa avec un large sourire. Allons voir !
Tous deux remontent la rue et s'engagent sur le sentier. Ils marchent à grands pas

sous les arbres et s'arrêtent au pied d'un immense chêne.

C'était bien ça ! Une échelle de corde pend le long du tronc. La cabane magique est là-haut, à demi cachée derrière le feuillage.

Tom sourit :

– Les glaces attendront !

– Tout à fait d'accord ! approuve Léa.

Elle empoigne l'échelle et entame l'escalade. Tom grimpe à sa suite.

Les derniers rayons du soleil filtrent à travers la fenêtre de la cabane. Une feuille pliée et un album rouge sont sur le plancher.

Léa prend le papier, Tom le livre.

– Il vient sûrement de la bibliothèque de Morgane, dit-il en l'examinant.

Le titre est écrit en lettres dorées :

L'Exposition universelle
Paris 1889

– L'Exposition universelle ? s'étonne le garçon. Qu'est-ce que c'est ? Et qu'est-ce qu'on peut bien aller faire, là-bas ?

– On va le savoir tout de suite, lui assure Léa.

Elle déplie le papier et constate :

– C'est l'écriture de Merlin. Écoute !

À Tom et à Léa, du bois de Belleville :
un méchant sorcier se prépare à voler
les secrets de quatre nouveaux magiciens
pendant l'Exposition universelle de Paris.
Votre mission est de les trouver,
de les prévenir du danger
et de me transmettre leurs secrets.
Ce sont :

Le Magicien du Son :
on peut entendre sa voix
à plus de cent kilomètres.

Le Magicien de la Lumière :
ses feux luisent
mais ne brûlent pas.

Le Magicien de l'Invisible :
il combat des ennemis
que nos yeux ne voient pas.

Le Magicien du Fer :
il courbe les métaux
pour qu'ils résistent au vent.

Bonne chance !

M.

– On dirait un conte de fées, fait remarquer Tom. Un sorcier, des magiciens... On trouverait plutôt ces personnages à Camelot qu'à Paris, il me semble. D'ailleurs, des gens aussi puissants devraient être capables de se débrouiller sans nous.
– Sauf si le pouvoir du méchant sorcier est plus fort que le leur.
– C'est juste. Mais on pourra les aider

grâce aux comptines magiques de Teddy et de Kathleen.

Léa s'exclame alors :

– Oh, le livre ! Retournons vite le chercher !

– Ne t'affole pas, je l'ai ! la rassure son frère. Depuis notre retour de Bagdad, je l'emporte partout, au cas où Merlin aurait besoin de nous.

– Ouf ! lâche la petite fille. Jetons-y un coup d'œil.

Tom fouille dans son sac. Il en sort le petit livre écrit par leurs amis, les deux jeunes magiciens de Camelot :

Comptines magiques pour Tom et Léa
de la part de Kathleen et Teddy

– Bon, récapitule Tom. On a utilisé cinq formules pendant nos deux dernières missions. Il nous en reste donc cinq :

Pour faire disparaître quelque chose,
Pour filer comme le vent,
Pour attraper un nuage,
Pour retrouver un trésor perdu
Pour se changer en canard.

« Coin, coin ! »

Tom sursaute :

– Qu'est-ce que… ?

– Ce n'est rien, pouffe Léa. C'est pour rire.

– Il ne faut pas plaisanter avec la magie, se fâche le garçon. Tu sais bien que, si on ne prononce pas la bonne formule au bon moment, on risque d'avoir de gros ennuis.

Il referme le livre :

– Tu es prête ? On y va ?

– Prête !

Tom prend une grande inspiration. Il ferme les yeux, pose le doigt sur les lettres dorées du titre *L'Exposition universelle Paris 1889* et déclare :

– Nous souhaitons être emmenés là-bas !
Aussitôt, le vent se met à souffler, la cabane à tourner.
Elle tourne plus vite, de plus en plus vite.
Puis tout s'arrête, tout se tait.

2

Une encyclopédie vivante

Un parfum de rose flotte dans l'air du soir. Tom ouvre les yeux.
Il porte une casquette, une veste brun rouille et des pantalons qui s'arrêtent aux genoux. Son sac à dos s'est changé en cartable en cuir.
Léa est vêtue d'une jupe à volants et d'une veste cintrée ; elle est chaussée de bottines.
– Regarde, Tom, s'écrie-t-elle. La tour Eiffel !
La cabane s'est posée à la cime d'un arbre,

dans un parc. Au-delà du parc se dresse une haute tour de fer. Une vive lumière rayonne depuis son sommet.

– C'est bien la tour Eiffel, constate Tom. Mais où est l'exposition ?

Il ouvre le livre et examine une carte :
– On dirait qu'elle se tient juste au pied de la tour. Ce sera facile de s'y rendre.
– Alors, en route ! décide Léa.
– Une minute ! proteste Tom. Récapitulons d'abord ce qu'on doit faire.

– C'est simple, affirme la petite fille. Il faut trouver le Magicien du Son, le Magicien de la Lumière, le Magicien de l'Invisible et le Magicien du Fer. On les met en garde contre le méchant sorcier, et on leur demande leurs secrets pour les rapporter à Merlin.
– Ça ne me paraît pas si simple, à moi ! À mon avis, c'est une grosse responsabilité.

– Raison de plus pour se mettre au travail ! déclare Léa. Allons-y !
Et elle se dirige vers la trappe.
Tom range dans son sac le livre, la lettre de Merlin et le livret de formules magiques. Puis il descend l'échelle à son tour.

Tandis qu'ils marchent dans le parc, Léa est intriguée par un tintement métallique, dans la poche de sa jupe. Elle y plonge la main et en ressort une poignée de pièces de monnaie.
– Hé ! s'étonne-t-elle. L'argent que maman nous a donné s'est changé en francs ! C'est vrai, l'euro n'existait pas à l'époque où on est !
– Parfait, dit Tom. Ça nous sera peut-être utile.
Les enfants suivent une allée de gravier. Elle les conduit hors du parc, sur une avenue

qu'éclairent des becs de gaz. Des véhicules tirés par des chevaux circulent sur la chaussée pavée.

On peut également voir des tandems, ces drôles de bicyclettes à deux sièges et à deux pédaliers. Tout le monde se dirige à grands

pas vers le pont qui enjambe le fleuve où passent des péniches.
De l'autre côté de la Seine, des milliers de petites lampes clignotent le long de la rive.
La tour Eiffel scintille dans le crépuscule argenté.

– C’est beau, Paris, s’émerveille Léa.
– Oui, approuve Tom. Traversons le pont ! On dirait qu’il mène à l’exposition.
Le frère et la sœur se mêlent à la foule sans se faire remarquer. Les autres enfants sont habillés comme eux.
La plupart des hommes sont vêtus de manteaux et de pantalons sombres, et portent de hauts chapeaux noirs. Ceux des femmes sont aussi larges que des paniers. Quant à leurs robes, elles bouffent drôlement par-derrière.
On distingue également beaucoup d’étrangers : des Chinois avec des cônes de paille, des Néerlandais en casquette, des Indiens coiffés de plumes, des Mexicains en sombrero.

– Ça me rappelle le carnaval de Venise, dit Léa.

– Oui, sauf qu'à Venise les gens étaient déguisés. Ici, ils ont leurs vrais vêtements. Souviens-toi, c'est l'Exposition universelle ! Les visiteurs viennent de tout *l'univers* !

Cependant, Tom regarde autour de lui, inquiet. Comment reconnaître les quatre nouveaux magiciens dans cette cohue ? Comment seront-ils habillés ? Auront-ils des costumes d'autres pays ou de longues robes médiévales, comme Merlin et Morgane ? Et le méchant sorcier ? À quoi peut-il bien ressembler ?

– Il faut acheter un ticket, fait remarquer Léa lorsqu'ils arrivent à l'autre bout du pont.

Les enfants se dirigent vers un guichet. Au-dessus du portail d'entrée, une bannière géante annonce :

Bienvenue à l'Exposition universelle de Paris !

Tout en faisant la queue, Tom sort de son sac le livre de Morgane.

– Préparons notre mission ! déclare-t-il.

Il ouvre le volume à la première page et lit à haute voix :

Découvrez l'Exposition universelle, une encyclopédie vivante présentant plus de soixante mille exposants venus du monde entier !

– Il y a peut-être des démonstrations de magie ! suggère Léa. Si c'est le cas, on repérera sûrement ces nouveaux magiciens.

– Oui, peut-être.

Tom continue la lecture :

C'est une gigantesque vitrine
du progrès et du génie humain !
Découvrez les sciences
et les technologies nouvelles !
Admirez des machines
et des inventions étonnantes !

Le garçon lève le nez :

– Hmmm, apparemment, il s'agit surtout de choses scientifiques. Il n'est question ni de magie ni de magiciens.

Mais les voilà arrivés devant le guichet.

– Deux entrées, s'il vous plaît ! demande Léa.

Elle dépose sur le comptoir une poignée de pièces. L'employé en prend deux. La petite fille remet les autres dans sa poche.

Puis son frère et elle franchissent le portail et entrent dans la grande exposition du Paris de 1889.

3

De la magie ? Des magiciens ?

Quelle cohue ! Au pied de l'immense tour de fer, un orchestre joue une marche entraînante. Des fontaines envoient dans les airs des jets d'eau colorés. Un petit train à vapeur circule en sifflant.

Des gens de tous âges se bousculent joyeusement, plongent le nez dans leurs guides, courent d'un stand à l'autre, achètent des souvenirs ou des rafraîchissements.

– On ne verra rien, d'ici, fait remarquer Léa. Il y a trop de monde.

– Si on prenait le train ? propose Tom. On aura une meilleure vision de l'ensemble.

Un coup de sifflet retentit. La locomotive marque un arrêt. Des passagers descendent tandis que d'autres s'apprêtent à monter.

– Vite ! crie Tom.

Tous deux se précipitent et sautent dans le wagon. Léa tire encore quelques pièces de sa poche. Elle les tend au contrôleur qui en prend une et lui rend le reste.

Les enfants trouvent une place sur une banquette en bois. Le train siffle de nouveau et, soufflant de gros nuages de fumée, se remet en route.

– Essayons de repérer tout ce qui ressemble à de la magie ! recommande Tom.

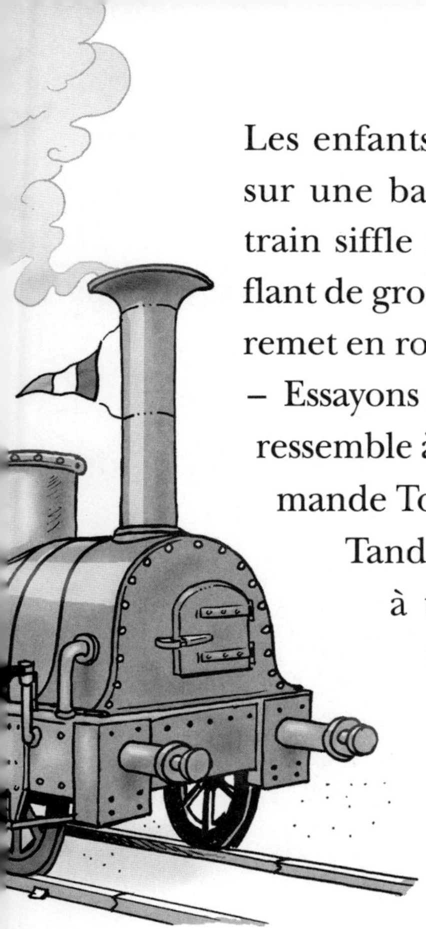

Tandis que le train cahote à travers l'exposition, une voix lance dans un mégaphone :

– Bienvenue à la visite guidée de l'Exposition universelle ! Sur votre parcours, vous découvrirez l'extraordinaire histoire des constructions humaines ! Des habitations comme vous n'en avez jamais vu. Tous les styles ! Toutes les époques !

En effet, des tentes de peau, des huttes de boue séchée, des maisons troglodytes se succèdent.
Tom regarde de tous ses yeux. Rien de magique là-dedans !
On voit à présent défiler un cottage à toit de chaume, une villa ornée de colonnades, un palais au dôme doré.
Mais pas l'ombre d'un magicien !
– Nous allons visiter les différents pays du monde, tonitrue la voix du guide. D'abord, l'Égypte !
Le train longe des échoppes d'où monte un parfum de viandes grillées et de café.
Trois femmes vêtues de longs voiles dansent au son d'une flûte.
Toujours pas de magicien.
– Et voici un village africain, tel qu'on en voit dans les magnifiques plaines de Tanzanie !

Un petit groupe de huttes apparaît. Des hommes jouent du tambour et agitent des calebasses en cadence. Aucun n'a l'air d'être un magicien.

– Maintenant, nous allons assister à la fête du Nouvel An dans la Chine lointaine !

Léa tire son frère par la manche et lui chuchote :

– Les dragons sont des créatures magiques, non ?

– Ceux-ci ne sont que des gens déguisés et masqués, répond Tom. Ça ne compte pas.

Le guide continue :

– À votre gauche, une mosquée ! À votre droite, un temple bouddhiste. Contemplez ce délicat jardin japonais.

– Non, non, non..., grommelle Tom. Ce n'est pas ce qu'il nous faut...

Le train traverse ensuite une exposition de poupées en costumes du monde entier. Puis apparaît une énorme statue brune.

Le guide annonce :
– Cette étonnante création représente la déesse Vénus. Elle est entièrement réalisée en chocolat !
– Ça, c'est extraordinaire ! s'émerveille Léa.
– Oui, mais ça n'a rien de magique, rétorque Tom.

Le train passe devant un globe terrestre d'une hauteur d'au moins trois étages, qui tourne lentement sur lui-même.

– Admirez notre belle planète ! lance le guide. Voyez ses montagnes, ses déserts, ses fleuves et ses océans !

– En tout cas, le livre de Morgane dit vrai, fait remarquer Léa. Cette exposition est vraiment une encyclopédie vivante !

– Dommage qu'on n'y trouve pas ce qu'on cherche ! soupire Tom.

Il sort le livre de son sac pour le feuilleter.

Tout à coup, des exclamations s'élèvent dans le wagon. Le train s'est arrêté, et tous les passagers se tordent le cou, le nez en l'air.

Des lumières roses éclairent les arches énormes qui forment la base de la tour Eiffel.

Le guide explique :

– Voici la tour Eiffel. Elle a été spécialement bâtie à l'occasion de l'Exposition universelle. Ses trois cents mètres en font à ce jour le plus haut bâtiment du monde. Ceux qui le désirent peuvent aller regarder de plus près la nouvelle merveille de Paris.

Des gens commencent à sortir du wagon.
– On devrait peut-être en faire autant, dit Tom. Ce petit voyage ne nous sert pas à grand-chose.
Les enfants sautent à terre juste avant le coup de sifflet qui annonce le départ.
– C'est vraiment très haut, dit Léa.
– Oui, très haut, convient Tom. Enfin… pour l'époque !

De puissantes barres s'élèvent vers le ciel, formant des motifs entrecroisés. De gros ascenseurs montent et descendent à travers une dentelle de fer.

Depuis le sommet de la tour, de puissants projecteurs balaient la ville de leurs faisceaux lumineux.

– On n'est jamais montés au dernier étage, dit Léa. Ça doit être amusant.

– Sûrement, mais on n'a pas le temps. Il faut qu'on trouve ces quatre magiciens avant le méchant sorcier.

– Je me demande s'il est quelque part par là…

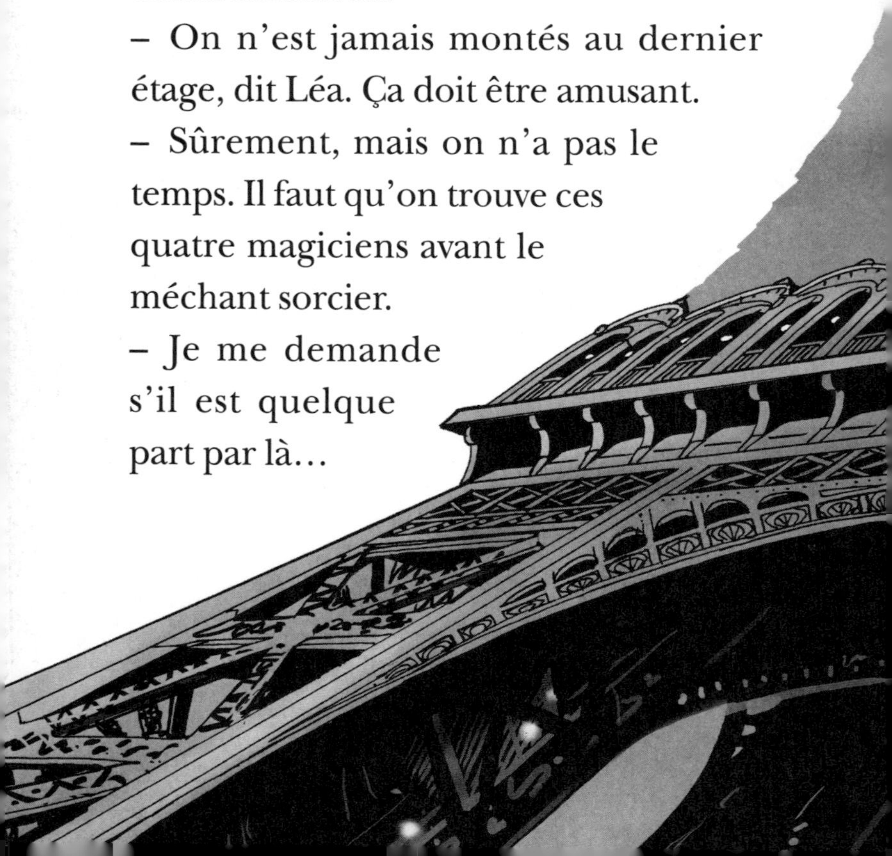

Le frère et la sœur observent un instant la foule. Des parents tiennent leurs enfants ébahis par la main.
Des couples se promènent bras dessus bras dessous. Tous paraissent heureux, excités, stupéfaits.
Tom pense, découragé : « Il n'y a ni sorcier ni magicien parmi ces gens… »

Une voix le tire brusquement de sa méditation :
– Tu vois, papa ? C'est magique !
Magique ?
– Par là ! s'écrie Léa en désignant une petite fille qui rit, tandis que son père presse une paire d'écouteurs contre ses oreilles.
Ils s'approchent.

– Incroyable, Mimi ! souffle l'homme en secouant la tête, l'air médusé.
– C'est magique, hein, papa ? répète la fillette. Ça peut envoyer ta voix à des centaines de kilomètres !
Léa attrape Tom par l'épaule :
– Tu as entendu ? Envoyer une voix à des centaines de kilomètres, c'est ce que peut faire… un Magicien du Son, non ?
– Si !
Les enfants déchiffrent la pancarte au-dessus de l'entrée de l'exposition :

Le téléphone :
une invention d'Alexander Graham Bell

– Il s'agit du téléphone ! comprend Tom.
– Donc, cet Alexander Graham Bell est le Magicien du Son ! déduit Léa.
– Tu crois qu'il est là en personne ?
– On n'a qu'à se renseigner !

Léa aborde une femme au chignon gris qui se tient devant le stand :
– S'il vous plaît, madame, où pourrions-nous trouver M. Bell ?
– Pas de chance ! répond la dame, désolée. Il vient juste de partir.
– Savez-vous où il est allé ?
– Je l'ignore, mademoiselle. Un homme bizarre m'a donné une invitation à lui remettre. M. Bell l'a lue, et il a filé tout de suite.
Puis la femme se tourne vers d'autres personnes qui veulent lui poser une question.
Tom dit à sa sœur :
– Alexander Graham Bell est un inventeur, Léa. Pas un magicien.
– Peut-être, réplique Léa. Mais le méchant sorcier pense sûrement que le téléphone fonctionne par magie ! Moi, je serais bien curieuse de savoir ce qu'il y avait sur cette invitation.

– Oui, et ce que le type qui l'a apportée pouvait bien avoir de bizarre…
– Attends !
Léa tapote le bras de la dame aux cheveux gris :
– Pardonnez-moi ! Pourquoi l'homme qui vous a remis l'invitation vous a-t-il paru bizarre ?
– Eh bien, il portait un long manteau noir, avec un capuchon qui lui cachait la moitié du visage. Et il parlait en chuchotant.
Tom sent un frisson glacé lui courir le long du dos. Léa se penche vers lui et dit tout bas :
– C'est tout à fait la description d'un sorcier.
Elle s'adresse de nouveau à la femme :
– Et dans quelle direction est-il parti, cet homme au capuchon ?
– Il m'a demandé où était le palais des Machines.

– C'est dans l'exposition ? interroge Léa.

– Mais oui ! Vous voyez cet immense bâtiment de fer et de verre, dont le dôme dépasse tous les autres ? C'est là ! Maintenant, je dois m'occuper des visiteurs.

– Oh, bien sûr ! Merci beaucoup !

Léa part déjà en courant :

– Viens, Tom ! On y va !

Le garçon se précipite derrière sa sœur :

– Hé, attends !

– Ce type, c'est le sorcier, j'en suis certaine !

– Pas de doute, c'est lui ! Mais qu'est-ce qu'on fera quand on l'aura trouvé ? s'inquiète Tom.

– Je ne sais pas encore.

– Il est peut-être dangereux, insiste le garçon. Imaginons d'abord un plan.

– Non, cherchons-le d'abord ! réplique Léa. Avant qu'il ne s'en aille ! Dépêchons-nous !

Et elle fonce vers le palais des Machines.

PALAIS

4

Le magicien de Menlo Park

Tom rattrape sa sœur devant le gigantesque palais des Machines. La petite fille fait déjà la queue au guichet pour prendre les tickets.

– Écoute, Lé... Léa ! lâche le garçon, essoufflé. Il... il faut qu'on prépare un plan. Et si on tombe soudain nez à nez avec le sorcier ? Qu'est-ce qu'on lui dira ? Et qu'est-ce qu'on fera s'il essaye de nous ensorceler ?

– On utilisera une formule du livret.

– Ah oui ? Laquelle ?

– Une entrée ? intervient le caissier.
– Non, deux, s'il vous plaît !
Léa paye. Puis elle se tourne vers son frère :
– Entrons et voyons si on l'aperçoit, ce sorcier. Alors, on choisira une formule, au cas où…
– Bon, d'accord. Mais soyons prudents. Ne nous faisons pas remarquer.
Le palais des Machines a la taille d'un terrain de foot. Des milliers de visiteurs y circulent pour admirer des centaines de machines. Des moteurs rugissent, des roues tournent, des engrenages cliquettent.
– C'est incroyable ! s'écrie Léa, abasourdie.

Tom feuillette leur livre et lit :

Dans le palais des Machines
ont été réunis des engins
venus du monde entier.
Cette exposition met
en lumière le talent
des ingénieurs
et des inventeurs.
On y voit des
machines à coudre,
une automobile fonc-
tionnant à l'essence.
Et aussi, bien sûr,
les magnifiques
créations du...

Léa interrompt la lecture :

– Regarde ça !

Elle désigne, au-dessus de leurs têtes, une passerelle mécanique qui fait le tour du bâtiment, offrant aux visiteurs une vue plongeante sur l'ensemble de la salle.

– Parfait ! dit Tom. De là-haut, on localisera peut-être le sorcier.

Il range le livre et se dirige vers les escaliers. Tom et Léa montent et prennent place sur le tapis roulant, examinant tous les visiteurs qui se pressent au rez-de-chaussée.

Ils repèrent des quantités de messieurs en veste et chapeau noir, des Américains habillés en cow-boy, des Arabes en longue robe, mais aucun homme dissimulé sous un capuchon.

Les enfants circulent lentement autour de l'immense hall.

Il fait de plus en plus chaud et le bruit est assourdissant : coups de marteaux, coups de sifflets, hurlements de sirènes, battements de cloches. Les exclamations des visiteurs éclatent de tous côtés :

– Du génie pur !
– L'Âge des machines !
– Cet homme est le magicien de Menlo Park !

Léa se penche vers son frère et lui crie à l'oreille :

– Tu as entendu ? Quelqu'un a parlé d'un magicien !
– Oui, le magicien de Menlo Park !

Il ressort le livre, cherche la bonne page et reprend là où il s'était interrompu :

… les magnifiques créations
du lauréat du grand prix,
un Américain de Menlo Park,
dans le New Jersey :
M. Thomas Edison !

– Thomas Edison ! répète-t-il. C'est l'un des plus brillants inventeurs qui ait jamais existé ! Où sont ses créations ?

EDISON

EDISON

Tom et Léa se penchent pour examiner tous les stands.

Juste en dessous, ils découvrent une pancarte indiquant : EDISON.

– C'est là ! s'écrie la petite fille. Allons-y !

Les enfants dévalent les marches en bousculant tout le monde.

– Suis-moi ! lance Tom à sa sœur en s'engageant dans une large allée.

Des tas de curieux sont massés devant le stand. Tom et Léa se faufilent pour être au premier rang.

La plupart des inventions d'Edison sont exposées là.
Il y a un drôle d'objet avec un socle en bois, muni d'un cornet en métal.
Une pancarte signale : PHONOGRAPHE.
– C'est quoi, un phonographe ? demande Léa.
– Je pense que c'est une sorte de… lecteur de CD, explique Tom. C'est le premier appareil à avoir reproduit de la musique enregistrée.
Un homme muni d'écouteurs, des larmes d'émotion coulant sur ses joues, murmure à sa femme :
– C'est incroyable ! Maintenant, on peut entendre la voix des morts !
– Qu'est-ce qu'il veut dire ? fait Léa.
– Il écoute sans doute un enregistrement d'une personne décédée.
– Oh ! Je n'avais jamais vu les choses comme ça…

– Chhhhhhht ! lance quelqu'un.

Un jeune présentateur s'apprête à prendre la parole. Sur sa veste, un badge indique son nom : HENRI.

– Mesdames et messieurs, déclare Henri, le phonographe, cette magnifique invention de M. Thomas Edison, est montré ici au public pour la première fois. M. Edison, un Américain de Menlo Park, a créé bien d'autres choses étonnantes.

Henri saisit une grosse ampoule munie d'un interrupteur. Il clique : l'ampoule s'allume.

– Il y a dix ans, poursuit le jeune homme, après des années de travail et d'expérimentations, M. Edison a inventé l'ampoule à incandescence. Le principe est simple : quand l'électricité passe dans les filaments, ils chauffent. Comme il n'y a pas d'oxygène dans l'ampoule, les filaments luisent, mais ne brûlent pas.

Tandis que les gens se baissent pour regarder, Tom se tourne vers sa sœur :

– C'est exactement ce que dit Merlin dans sa lettre : ***Ses feux luisent mais ne brûlent pas*** !

Thomas Edison est le Magicien de la Lumière !

– J'avais deviné !

Léa s'adresse à Henri :

– S'il vous plaît ! M. Edison est-il à Paris ?
– Oui, il était même ici tout à l'heure.
– Savez-vous où il est allé ? intervient Tom.
– Non. Tout ce que je sais, c'est qu'il a été invité à une réception.
Le garçon sent les cheveux de sa nuque se hérisser. « Encore un coup du sorcier ! » songe-t-il.
Léa interroge :
– La personne qui lui a apporté l'invitation, ce n'était pas un drôle de bonhomme avec un capuchon ?
– Exactement ! répond Henri.
– Et par où est-il parti ?
– Il a demandé comment se rendre à l'Institut Pasteur.
– L'Institut Pasteur ? répète Tom. Qu'est-ce que c'est ?
Mais Henri n'écoute plus. Il s'est tourné vers un garçon qui lui pose une question.

– Viens, Tom, dit Léa. On trouvera bien tout seuls.
Les enfants se dirigent vers la sortie. De loin, ils entendent Henri reprendre son discours…

5

Bonsoir...

Tom et Léa jouent des coudes à travers la foule qui se presse dans le palais des Machines. Ils atteignent enfin la sortie et se glissent à l'extérieur, dans la tiède nuit parisienne.

Dehors, il y a autant de monde qu'à l'intérieur. Des musiciens jouent de la guitare, des chanteurs chantent, des vendeurs clament :

– Chocolat au lait ! Pain ! Fromage !

– Dépêchons-nous d'aller à l'Institut Pasteur ! dit Léa à son frère.

Le garçon reprend le livre, cherche dans la table des matières :

– Je ne le trouve pas. Cet endroit ne fait sans doute pas partie de l'exposition.

Léa désigne une rangée d'attelages, non loin de là :

– Une de ces voitures nous y conduira peut-être ?

– Allons-y ! approuve Tom.

Les enfants vont se placer dans la file des gens qui attendent un cabriolet.

– Thomas Edison et Alexander Graham Bell ! Le sorcier pense sûrement que ce sont des magiciens ! reprend Tom.

– Oui. Et il les a invités pour leur voler leurs secrets !

– Je parie qu'il va inviter les deux autres, le Magicien du Fer et le Magicien de l'Invisible !

– Je me demande s'ils sont inventeurs, eux aussi.

Mais c'est à leur tour de monter en voiture. Tom lance au cocher :

– À l'Institut Pasteur, s'il vous plaît !

– Certainement, jeunes gens, dit l'homme.

Il secoue les rênes et son cheval blanc s'ébranle. Les sabots de la bête claquent sur les pavés.
– Eh bien, tu vois, se réjouit Léa, ce n'est pas plus difficile que ça !
– Oui…, fait Tom.
Puis il se penche vers le cocher :
– Excusez-moi, monsieur. Vous savez ce que c'est, l'Institut Pasteur ?
– C'est un laboratoire où l'on expérimente des médicaments pour soigner diverses maladies.
– Ah ! Très intéressant ! s'exclame le garçon.
Léa adresse à son frère un regard perplexe :
– Pourquoi le sorcier irait-il chercher un magicien dans un endroit pareil !
Tom se contente de hausser les épaules.
– Il est peut-être malade…, suppose la petite fille.

– Ça m'étonnerait. Mais maintenant, il faut vraiment décider d'un plan. Imagine qu'on tombe sur lui à l'institut ? N'oublie pas qu'il a des pouvoirs magiques !

– Nous aussi !

– Tu as raison.

Tom fouille dans son sac pour en tirer le livret de formules. À la lueur de la lanterne accrochée sur le côté de la voiture, il parcourt la liste.

– Rappelle-toi, dit-il à sa sœur, chaque formule ne marche qu'une seule fois. *Pour donner vie à la pierre*, on s'en est déjà servis. *Pour faire apparaître un secours au milieu de nulle part*, aussi. *Pour réparer ce qui est impossible à réparer*, on l'a utilisée.

– Oui, dit Léa. Mais il nous reste *Pour filer comme le vent*, *Pour faire disparaître quelque chose, Pour retrouver un trésor perdu* ou bien *Pour attraper un nuage*. Et surtout *Pour se changer en canard*.

– Attends, reviens en arrière ! Qu'est-ce que tu penses de *Pour faire disparaître quelque chose* ?

– Hmmm…, réfléchit Léa. Est-ce qu'une personne est « quelque chose ? »

– Pourquoi pas ? Cette formule résoudrait tous nos problèmes. Bon, voilà le plan : on va l'apprendre par cœur. Comme ça, dès qu'on apercevra le sorcier, on n'aura pas besoin d'ouvrir le livre.

– Bonne idée, approuve Léa.

– Je retiens la ligne écrite par Teddy, toi celle de Kathleen.

Léa hoche la tête et commence à lire :

– *Yé van yeu, yé van…*

– STOP ! hurle Tom en posant la main sur la bouche de sa sœur. Ne la prononce pas à voix haute ! Tu pourrais faire disparaître

l'un de nous ou je ne sais quoi d'important !
– Oh ! Tu as raison… !
Tous deux se concentrent. Pendant ce temps, la voiture les emporte à travers les rues, où roulent quantité d'autres attelages, de bicyclettes et de tandems.

Des gens dînent aux terrasses des cafés. Des garçons en grand tablier blanc transportent avec adresse de lourds plateaux sur une seule main. Les dîneurs paraissent heureux, détendus. Tandis que le cabriolet remonte une rue tranquille bordée d'arbres, Tom se dit qu'il aimerait mieux se promener dans Paris avec sa sœur, au lieu de se faire du mauvais sang à cause d'un méchant sorcier.

– Nous y voilà ! crie le cocher, tirant le garçon de ses sombres pensées. Vous êtes devant l'Institut Pasteur.

Les enfants descendent de voiture.

– C'est là ? s'étonne Tom.

La bâtisse est lugubre. Les énormes portes de l'entrée sont fermées. On ne voit aucune lumière derrière les hautes fenêtres.

– Vous êtes sûr que c'est ici ? demande Léa d'une toute petite voix.

– Évidemment, j'en suis sûr ! répond le cocher. Ça me paraît fermé, à cette heure. Voulez-vous que je vous emmène ailleurs ?

– Non merci ! On vous doit combien ?

Léa donne encore quelques pièces.

Les enfants examinent la façade du grand bâtiment silencieux.
– On devrait peut-être frapper, dit Léa.
Ils grimpent les marches de pierre du perron et s'arrêtent, un peu impressionnés.
– C'est bien le bon endroit, constate Tom.
Un bec de gaz éclaire une plaque de cuivre indiquant :
INSTITUT PASTEUR.

Le garçon frappe trois coups.
Pas de réponse.
Léa tourne la grosse poignée et pousse… La porte est fermée.

– Il y a peut-être une autre entrée, suggère la petite fille.

Les enfants contournent la propriété. Ils toquent à une porte de côté, à une autre, derrière. Pas de réponse.

Ils reviennent devant l'entrée principale. Tom soupire :

– Rien à faire ! On a tout essayé.

– On ne peut pourtant pas abandonner ! se désole Léa.

– Je sais…

Ils restent là, tous les deux, désemparés. Dans la rue, il n'y a aucun bruit.

Soudain, une voix s'élève derrière eux :

– Bonsoir…

6

Les ennemis invisibles

Tom et Léa font volte-face. Une silhouette sombre se tient devant la porte latérale, entrouverte.

« Le sorcier ! » pense Tom.

Affolé, il essaie de se rappeler la formule magique.

– Puis-je vous aider ? demande l'inconnu.

Il avance d'un pas et pénètre dans le halo lumineux du bec de gaz. C'est un vieil homme au dos voûté et aux cheveux blancs. Son sourire est amical.

– Oh ! Bonsoir ! dit Léa. Qui êtes-vous ?

– Je suis le veilleur de nuit. L'institut est fermé, à cette heure. Avez-vous été mordus par un chien ? Venez-vous pour le vaccin contre la rage ?

– Non, non, tout va bien, le rassurent les enfants d'une seule voix.

Mais Tom saute sur l'occasion :

– C'est ce que vous faites, ici ? Vous vaccinez les gens contre la rage ?

– Pas moi, bien sûr, mais le Pr Louis Pasteur. Il soigne beaucoup d'autres maladies. C'est l'un des chercheurs les plus célèbres au monde.

– Vraiment ? Et que cherche-t-il ?

– Les microbes, les germes.
– Berk, fait Léa.
– Les microbes sont invisibles tellement ils sont petits, continue le veilleur de nuit. Certains sont utiles et même nécessaires, mais d'autres sont nocifs. Le Pr Pasteur combat ceux qui causent des maladies parfois mortelles. Il met au point des vaccins et des médicaments.
– ***Il combat les ennemis que nos yeux ne voient pas*** ! récite soudain Léa. C'est lui, le Magicien de l'Invisible !
Le vieil homme sourit :
– Ma foi, on peut l'appeler comme ça. Le Pr Pasteur a sauvé des quantités de vies !
– Il faut absolument qu'on lui parle, déclare la petite fille. Savez-vous où il est, en ce moment ?
– Pas de chance ! Vous l'avez manqué de peu. Quelqu'un est passé lui remettre une invitation. Il est parti aussitôt.

Les enfants échangent un regard. Puis Léa demande :
– Ce quelqu'un, c'était un drôle de bonhomme avec un capuchon noir ?
– Vous le connaissez ? s'étonne le veilleur de nuit.
– Pas vraiment, répond Tom. Mais nous croyons savoir qui il est. Où a-t-il invité le Pr Pasteur ?
– Le professeur a dit qu'il avait rendez-vous à la tour Eiffel ce soir, à dix heures.
– À dix heures ? Et… quelle heure est-il ? s'inquiète Léa.
Le veilleur tire de sa poche une grosse montre ronde :
– Dix heures moins vingt.
La petite fille lâche une exclamation :
– Hou là ! On a intérêt à faire vite !
Tous deux remercient le vieil homme et dévalent les marches.
Tout en courant, Tom dit à sa sœur :

– J’ai déjà entendu parler de ce Louis Pasteur. C’est fou ! Les hommes qu’on recherche ne sont pas des magiciens, mais de célèbres scientifiques ! Ils ont tous fait des découvertes extraordinaires.
– Oui, fait Léa. J’aimerais bien savoir qui est le Magicien du Fer.
– Moi aussi. Mais il faut qu’on rejoigne la tour Eiffel en vitesse. Sinon, le sorcier risque de leur voler leurs secrets.
Tom s’arrête, essoufflé :
– Si on y va à pied, on n’arrivera jamais à temps !
Les enfants regardent à droite et à gauche. Ils voient passer un homme tirant une charrette à bras, puis un couple sur un tandem. Enfin, un cabriolet apparaît.
– Taxi ! crie Tom en levant le bras.
L’attelage poursuit sa course.
Maintenant, la rue est vide. Tom et Léa se retrouvent seuls.

– On tombera peut-être sur un autre véhicule plus loin. Continuons.
À cet instant, le couple qui les a doublés en tandem revient vers eux en sens inverse et ralentit.
– On vous a entendus crier, dit l'homme. Vous avez besoin d'aide ?
Tom et Léa s'approchent.
Les cyclistes ont une drôle d'allure. L'homme est petit. Il est coiffé d'un haut-de-forme tout noir qui lui tombe jusqu'aux sourcils. Une barbe épaisse lui mange presque entièrement le visage. La femme est petite, elle aussi, et porte un chapeau à voilette.
– Nous devons nous rendre à la tour Eiffel sans tarder, explique Tom. Pourriez-vous nous indiquer le chemin le plus rapide ? Il faut absolument que nous y soyons avant dix heures. C'est une affaire… très grave.

– Très grave ? répète la femme d'une voix aiguë.
L'homme s'éclaircit la gorge et déclare :
– À pied, vous n'y arriverez pas. Si on vous prêtait notre bicyclette ?
Tom n'en revient pas :
– Oh, vraiment ?
– Bien sûr ! S'il s'agit d'une urgence !
– C'est tellement gentil à vous ! s'écrie Léa. Mais comment allons-nous vous rendre votre tandem ?
– Vous n'aurez qu'à le poser contre le pilier Nord de la tour. Nous le retrouverons là-bas.
La petite fille propose :
– Nous avons encore un peu d'argent. Nous pouvons vous payer pour la location.
– Non, non ! Cela nous fait plaisir de vous rendre service. Tenez !
Le couple descend de bicyclette, et l'homme tend le guidon à Léa.

– Merci ! Merci beaucoup ! dit celle-ci.

– Bonne chance ! lance la femme, de sa drôle de voix pointue.

Et tous deux s'éloignent en se tenant par le bras.

– Oui ! Un grand merci ! leur crie Tom.

L'homme se retourne :

– Dépêchez-vous ! Si vous voulez être là-bas avant dix heures, je vous conseille de filer comme le vent !

Le couple disparaît au coin de la rue.

– J'aime trop ce vélo ! s'exclame Léa en s'installant à l'avant. Prêt ?

Tom grimpe sur la selle arrière :

– N'allons pas trop vite, le temps de nous habituer.

Les enfants se mettent à pédaler. Au début, ils vont de travers et manquent de tomber.

– Il faut qu'on pédale au même rythme, dit Tom.

Au bout de quelques mètres, ça commence à aller mieux.

– J'ai pris le coup ! se réjouit Léa.

– Moi aussi ! Ce n'est pas si différent d'un vélo ordinaire.

– Oui, mais j'aime mieux rouler sur le goudron que sur ces pavés ! Bon, par où on passe ?

– Tâchons de regagner la grande avenue pleine de cafés, suggère Tom.

Au premier carrefour, Léa pointe le doigt :
– Je reconnais ! C'est par là !

Cette artère est très animée. Des promeneurs flânent sur les trottoirs, les terrasses des cafés et des restaurants regorgent de dîneurs.

Mais, peu à peu, la rue se vide. Bientôt, il n'y a plus personne.

Arrivés à un autre croisement, les jeunes cyclistes s'arrêtent.

– Par où, maintenant ? demande Léa.

Tom inspecte les deux côtés de la rue : elle est à peine éclairée. Les boutiques sont fermées, les volets des maisons tirés. Le garçon se sent perdu :

– Je ne me souviens pas… Je n'ai pas fait assez attention, quand on était en voiture.

– Moi non plus, soupire Léa.

Le sommet de la tour Eiffel domine tous les autres bâtiments et brille dans le ciel. Ça ne paraît pas très loin. Mais par quelle rue passer ?

– Prenons à gauche, décide Tom.

Ils tournent et continuent jusqu'aux grilles d'un petit square. C'est une impasse.

Ils font demi-tour et foncent à toute vitesse en tressautant sur les pavés.

Une autre impasse.

– Oh, non ! gémit le garçon. Où est donc cette grande avenue qu'on a suivie à l'aller ?

– On est tout à fait perdus, constate Léa. Et ça fait au moins un quart d'heure qu'on roule. On n'y sera jamais à temps !

– C'est trop bête ! s'énerve Tom. Pourtant, la tour est là, à deux pas !

– Attends..., fait la petite fille. Tu te souviens, ce type a dit que, pour arriver à l'heure, on devait « filer comme le vent »...

– On est bien avancés ! grommelle Tom. Si au moins on savait quelle rue prendre !
– On s'en fiche, de la rue ! On va filer ! *Filer comme le vent* ! C'est l'une de nos formules magiques !

7

Arrête de pédaler !

Tom ouvre vite le petit livre de Teddy et Kathleen. Il dit à sa sœur :

– Je prononce la première phrase, toi, la seconde. Et on pédalera de toutes nos forces. La rue est vide, on ne risque pas de renverser quelqu'un.

– D'accord ! Vas-y !

Tom tient le livret bien haut pour que la page soit éclairée par un bec de gaz :

– *File, file en sifflant ! File, file comme le vent !*

Léa enchaîne :

– *Siiiil siiiil filan ! Siiiil siiiil fivan !*

Tom range vite le livre dans son sac et lance :

– Vas-y !

Les enfants sautent en selle et appuient sur les pédales. Le tandem rebondit sur les pavés.

– Plus vite ! crie Tom.

À cet instant, la roue avant décolle.

– Aaaah ! s'affole Léa.

– Tiens bon ! l'encourage son frère.

Tous deux s'agrippent aux guidons tandis que la bicyclette s'élève dans les airs. Elle monte, monte au-dessus de la rue obscure, au-dessus des toits, et surgit dans la lumière d'argent de la lune.

– À gauche ! hurle Tom.

Léa tourne son guidon et le vélo volant file vers la tour Eiffel à la vitesse du vent !

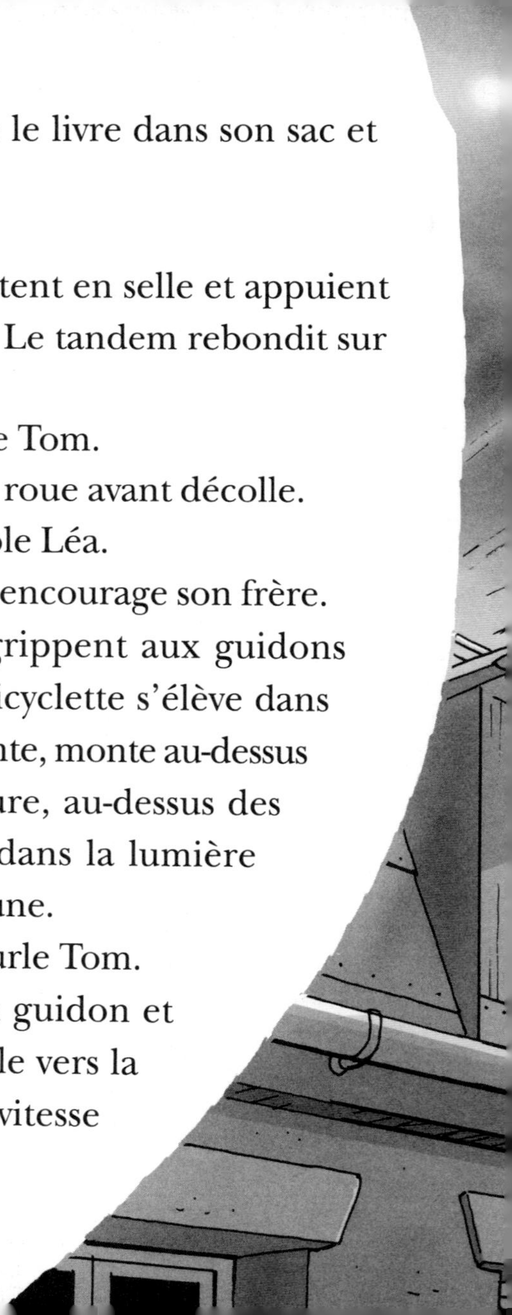

Du haut de la tour, les puissants faisceaux de lumière balaient tout Paris, illuminant les cheminées, les clochers, les coupoles. Tom garde les yeux fixés sur la construction de fer : c'est le but de leur fantastique expédition aérienne !

Les enfants avancent sans effort dans l'air tiède qui monte de la ville. La tour se rapproche à une allure incroyable. Dans quelques secondes, ils l'auront atteinte.

– Il faut qu'on se pose ! s'écrie Léa. Penche-toi, Tom !

Tous deux appuient sur les guidons, tête baissée, pour forcer l'engin à se diriger vers le sol.

– Arrête de pédaler ! s'affole le garçon. À ce rythme-là, on va s'écraser !

Mais la bicyclette semble n'en faire qu'à sa tête. Elle fonce vers la base de la tour.

– Aaaaaaaaah ! s'époumonent les enfants.

Soudain, l'engin ralentit. Puis, lentement, lentement, il descend telle une feuille morte. Ses roues font crisser le gravier d'une allée.

Tom et Léa serrent les freins. Le tandem s'arrête, s'incline sur le côté et envoie ses deux passagers rouler sur une pelouse.

Les enfants se relèvent. La tour Eiffel les domine de sa hauteur, son sommet se découpant contre le disque blanc de la lune.
– On a réussi ! fait Léa, essoufflée.
– Pas tout à fait. On doit trouver où cette réception a lieu.
– Oui, mais d'abord, il faut poser le tandem contre le pilier Nord, comme promis.
Les enfants redressent l'engin, se remettent en selle pour rejoindre la tour. C'est plus dur que de filer dans les airs à la vitesse du vent !
Lorsqu'ils atteignent le bon pilier, ils déposent le vélo et observent les alentours. L'endroit est désert, à présent.
L'exposition a fermé ses portes. On ne voit nulle part les signes d'une quelconque réception. Où sont donc allés les « magiciens » ?
Léa aperçoit un gardien, sous l'une des hautes arches. Elle l'interpelle :

– S'il vous plaît, monsieur, savez-vous quelle heure il est ?

– Presque dix heures.

– Et... la tour est fermée ? demande Tom.

– Certainement.

– Pourtant, insiste Léa, nous avons entendu dire qu'il y avait une réception, ici, ce soir.

Le gardien secoue la tête :

– Non, désolé. Comme vous le voyez, il ne se passe rien, à part une rencontre spéciale, au sommet.

– Au sommet ? répète la petite fille.

Les enfants lèvent les yeux. De là où ils sont, la pointe de la tour semble être à un kilomètre d'altitude !

– Oui. C'est une réception privée, réservée à quelques personnalités importantes.

Sans doute fier de montrer son savoir, l'homme se penche et chuchote :

– Il y a M. Thomas Edison, le Pr Louis

Pasteur et M. Alexander Graham Bell.
– Et qui est le quatrième invité ? l'interroge Tom.
Le gardien hausse les épaules :
– Je n'ai vu personne d'autre monter.
– Nous devons absolument rencontrer ces messieurs, déclare Léa. Comment peut-on se rendre là-haut ?
– Désolé, fait l'homme en riant. Mais les ascenseurs sont fermés pour la nuit. Même si vous aviez une invitation, vous seriez obligés d'emprunter les escaliers. Et ça en fait des marches ! Revenez plutôt demain matin !
Le gardien soulève ironiquement sa casquette et s'éloigne en sifflotant.
– Monsieur ! lui lance Léa. Les marches, il y en a combien ?
– Pour atteindre la dernière plate-forme ? Mille six cent cinquante-deux exactement !
Et l'homme disparaît dans le noir.

– C’est trop, soupire Tom, découragé.

– Essayons avec la bicyclette, propose sa sœur.

– Impossible. On ne peut utiliser chaque formule qu’une seule fois, tu le sais bien.

Tom sort le livret de son sac et cherche ce qui reste à leur disposition :

– On a encore *Pour retrouver un trésor perdu*.

– Ça ne va pas.

– *Pour appeler un nuage*.

– Ça ne va pas non plus.

– *Pour se changer en canard*.

Un large sourire éclaire le visage de la petite fille. Tom grommelle :

– Pas question ! Je ne veux pas me présenter devant des messieurs aussi célèbres sous la forme d’un canard !

– Alors, fait la petite fille, il ne reste que…

– Les marches !

Les enfants contournent la tour à la recherche d'un escalier.

– Là ! s'écrie Tom.

Ils s'engagent dans une cage d'escalier qui grimpe dans l'une des arches. Le garçon agrippe la rampe de fer :

– Prête ?

– Prête ! On y va !

Et ils entament l'ascension des mille six cent cinquante-deux marches.

8

Secrets

Le ciel de Paris se découpe à travers la structure métallique de la tour. D'abord, la montée est facile. L'escalier n'est pas très raide. Tom compte à haute voix :

– Vingt-six, vingt-sept, vingt-huit…

– Je me demande bien si le sorcier est là-haut, dit Léa.

– Trente et une, trente-deux…

– Que crois-tu qu'il fera, quand il comprendra que ces hommes ne sont pas le genre de magiciens qu'il imaginait ?

– … sais pas, répond Tom, essoufflé.

Quarante et une, quarante-deux…
– Et s'il les kidnappe ? S'il veut les forcer à lui révéler leurs secrets ?
– Soixante et une, soixante-deux…
– Plus vite, Tom ! on n'arrivera jamais à temps !

Lorsqu'ils rejoignent la première plate-forme, Tom a dénombré trois cent soixante marches. Les enfants sont hors d'haleine et ont l'impression d'avoir des jambes en plomb.
– Ça… fait… beaucoup… de marches ! halète Léa.

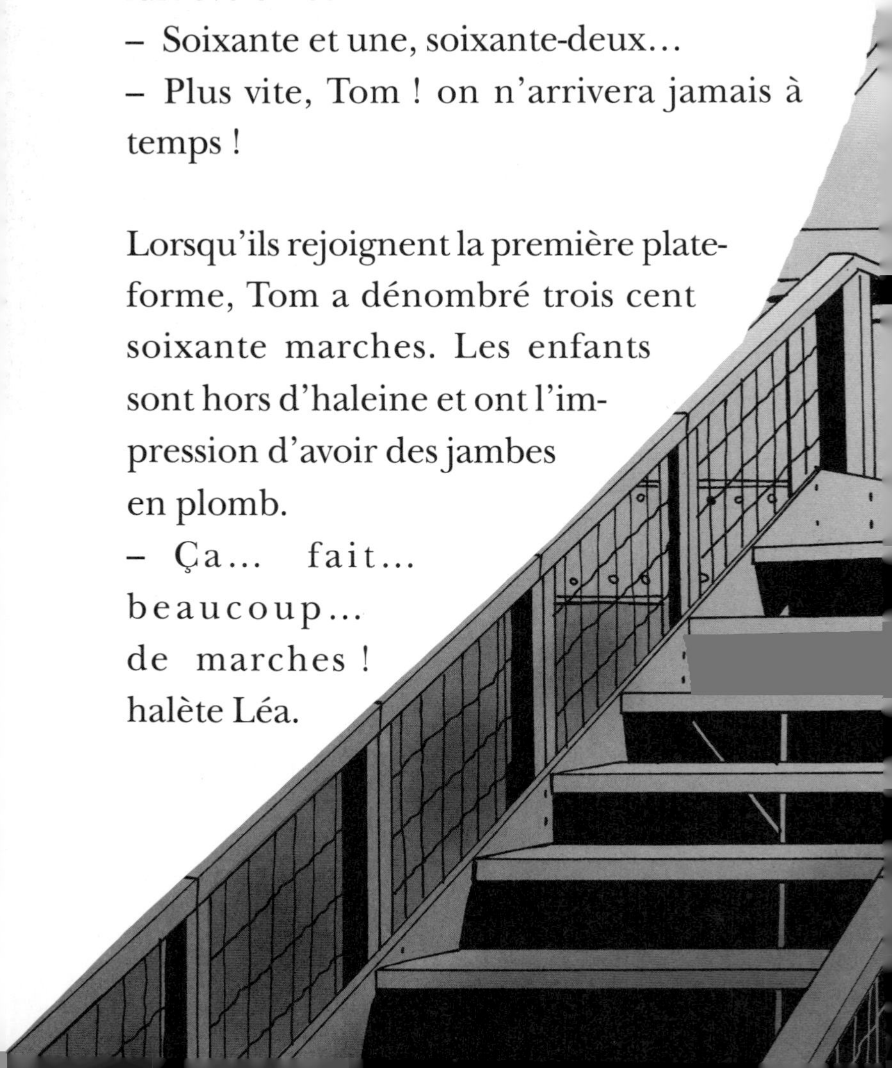

– Oui… Pourtant… il ne faut pas… s'arrêter !

Et ils continuent, juste un peu moins vite. Tom s'est remis à compter :

– Trois cent soixante-quatre, trois cent soixante-cinq…

– Imagine un peu ! dit Léa. Tu ne sais pas ce que c'est qu'un téléphone. Un jour, tu prends ce truc… et tu entends… la voix de quelqu'un… qui habite à des kilomètres… ! Tu te dis que…

– Que c'est de… la magie ! Quatre cent quarante-trois… quatre cent quarante-quatre…

– Et imagine ! Pendant… des années, tu… t'es éclairé avec… des flammes. Un jour, tu… appuies sur… un bouton, et… une lampe s'allume !

– Magie ! Cinq cent dix, cinq cent onze…

– Et les… maladies ! Personne ne sait… d'où elles viennent. Un type découvre… les microbes, et… il trouve comment… détruire les mauvais…

– Magie ! Six cent deux, six cent trois…

– Je ne veux pas… que le sorcier fasse… du mal à… ces savants !

– Six cent vingt… six cent vingt et un…

Tom grimpe comme un automate. Ses jambes le brûlent.

Enfin, les enfants atteignent la deuxième plateforme.

– Sept cents ! lâche Tom.

Puis il ajoute :

– Continuons ! Tiens-toi… prête à… prononcer la… formule ! Dès qu'on… voit le sorcier… on…

– Oui ! C'est notre… mission ! Protéger ces… nouveaux magiciens de…

– Tais-toi ! Garde ton… souffle !

Ils reprennent la dure ascension. Tom compte toujours, d'une voix presque inaudible.

À mesure qu'ils approchent du sommet, ils entendent le son d'un piano.

Enfin, ils posent le pied sur la troisième plateforme !

– Mille six cent cinquante-deux ! s'écrie Tom, pantelant.

Ils sont presque arrivés en haut de la tour. Un escalier en spirale mène à une terrasse.

Tom a les muscles douloureux, la tête qui tourne, le cœur qui cogne. Il murmure :

– Un dernier effort !

Et les deux enfants se hissent jusqu'à la terrasse.

Ils se laissent tomber sur la dernière marche, aspirant de grosses goulées d'air. Au-dessus de leurs têtes, un drapeau claque. La musique du piano vient d'une petite salle.

– Qui peut bien jouer ? fait Léa.
– Peut-être un des… magiciens ?
Tom est tout en sueur, et le vent le fait frissonner.
– Ou le… sorcier !
Le garçon tressaille. Une peur soudaine chasse presque sa fatigue. Il se relève péniblement :
– Il faut qu'on… le fasse disparaître !
– Allons voir !
Luttant contre le vent, le frère et la sœur titubent jusqu'à une fenêtre.

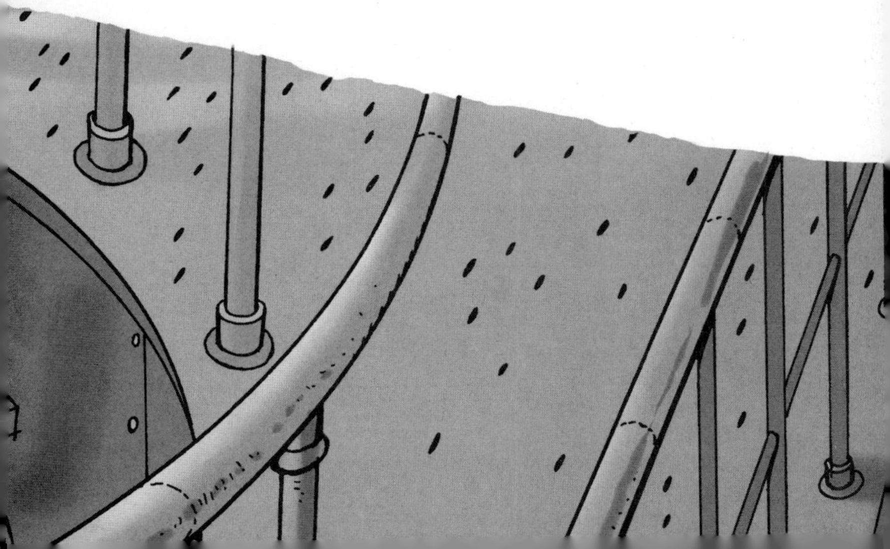

Dans la pièce confortable, meublée de fauteuils en cuir, un homme à barbiche est au piano. Derrière lui se tiennent un homme plus âgé, à barbe grise, un autre très grand avec une épaisse barbe blanche, et un dernier au visage aimable, sans barbe. Tous remuent la tête en cadence, souriants.

– Ils sont bien quatre ! constate Tom.

– Tu crois que l'un d'eux est le sorcier ? demande Léa.

– Je ne crois pas. Aucun d'eux n'a l'air mauvais.

– Qu'est-ce que c'est exactement que cet endroit, au fait ? s'interroge la petite fille.
– Cherchons dans le livre !
Le garçon sort de son sac le livre sur l'Exposition universelle et l'ouvre au chapitre « Tour Eiffel ». Des dessins représentent chaque plateforme. Il lit :

Tout en haut de la tour se trouve l'appartement de Gustave Eiffel.

Une image montre l'ingénieur assis dans un fauteuil.
– Hé ! s'exclame Tom. C'est celui qui joue du piano !
Il continue la lecture :

Gustave Eiffel est l'un des meilleurs ingénieurs du monde.
Il a créé cette tour en fer,
un matériau de construction nouveau.

Le fer étant plus léger que la pierre ou la brique, il permet de créer des constructions beaucoup plus hautes. Grâce à cette structure ajourée et à la souplesse de ses poutrelles de métal, la tour peut résister aux vents les plus violents.

– C'est lui, le Magicien du Fer, conclut Tom, celui qui « ***courbe les métaux pour qu'ils résistent au vent.*** »
– Oui ! Les voilà tous rassemblés ! s'écrie Léa. Alexander Bell, Thomas Edison, Louis Pasteur et Gustave Eiffel. Les quatre nouveaux magiciens !
– Et le sorcier ne s'est pas encore montré…
– Viens ! Il faut qu'on les prévienne !
– Et qu'on découvre leurs secrets avant *lui* !
Les enfants se dirigent vers la porte ; Léa frappe. Aussitôt, le piano se tait.

« Aïe, aïe, aïe ! » pense Tom, mal à l'aise. Comment vont-ils expliquer leur étrange situation à des savants aussi prestigieux ?
La porte s'ouvre. Gustave Eiffel apparaît.
– Oui ? fait-il.
– Bonjour ! répond Léa. Pouvons-nous entrer ?

M. Eiffel lève des sourcils étonnés :

– Il semble que nous ayons des hôtes inattendus, ce soir ! Comment êtes-vous montés ? Je croyais que les ascenseurs étaient arrêtés pour la nuit.

– Par les escaliers, dit Tom.

– Est-ce possible ? C'est une bien longue ascension, pour des petites jambes d'enfants ! Pour n'importe quelles jambes, d'ailleurs ! Quelqu'un vous a-t-il invités à cette réception ?

– Euh… pas exactement, bredouille Tom. Mais…

– Eh bien, puisque vous êtes ici, entrez ! Plus on est de fous, plus on rit !

Tom et Léa entrent. M. Eiffel referme la porte derrière eux et déclare :

– Jeunes gens, permettez-moi de vous présenter le Pr Louis Pasteur.

Il désigne le vieil homme à la barbe grise.

– Voici M. Alexandre Graham Bell…
Le plus grand des quatre, celui qui a une barbe blanche, incline la tête.
– … et M. Thomas Edison.

L'homme à l'air aimable s'avance alors vers les jeunes visiteurs en disant :

– Appelez-moi Thomas !

– Bonjour, Thomas, murmure Tom.

Il n'arrive pas à y croire : lui, Tom, est en train de serrer la main au célèbre Thomas Edison, l'inventeur de l'électricité !

– Moi, se présente sa sœur, je suis Léa. Et mon frère s'appelle Tom.

– Eh bien, Tom et Léa, les interroge Gustave Eiffel, comment avez-vous eu connaissance de cette réunion privée ? Vous n'avez pas reçu d'invitation, j'imagine.

– Nous… euh, non…, bafouille la petite fille. Mais on… on sait qui vous l'a envoyée.

– Et qui donc ?

– Un méchant sorcier, qui veut voler les secrets de votre magie !

– Un méchant sorcier ? répète M. Eiffel en ouvrant de grands yeux.

– Oui, continue Léa. Nous pouvons le faire disparaître. Mais vous devez absolument tout nous dire avant son arrivée !

Les quatre savants la regardent fixement.

– Qu'est-ce qu'elle raconte ? demande

Thomas Edison, comme s'il était un peu dur d'oreille.

– Qu'un méchant sorcier veut voler les secrets de notre magie ! répète M. Eiffel en haussant la voix. Et que nous devons les leur confier avant qu'il se présente ici !

M. Edison éclate de rire, imité par les trois autres.

– Notre magie, hein ? répète M. Eiffel. Ma foi, on peut appeler ça comme ça. Personnellement, la mienne est des plus simples : j'ai le goût du risque et des grandes entreprises. Construire la plus haute structure du monde m'a paru un défi intéressant à relever.

Léa hoche la tête, en répétant :

– Goût du risque et des grandes entreprises…

Puis elle se tourne vers Louis Pasteur :
– Et vous, professeur ? Quel est donc votre secret ?

– Mon secret ? murmure l'homme à la barbe grise, pensif.

Enfin, il déclare :

– Je crois qu'il peut se résumer ainsi : la fortune favorise les esprits laborieux.

– Absolument ! approuvent d'une seule voix les trois autres savants.

– Je... euh..., bredouille Léa, je n'ai pas très bien compris.

– Ça signifie que nous espérons tous aboutir dans nos recherches, explique Pasteur. Mais j'ai remarqué que plus je travaillais, plus j'avais de chances de réussir.

– Oh, bien sûr ! s'écrie la petite fille.

Elle se tourne alors vers M. Edison :

– Et vous, mons... euh... Thomas ?

Edison sourit avec modestie :
– Hmmm…, laissez-moi réfléchir.

Les yeux pétillants de malice, il dit enfin :
– Le génie, c'est un pour cent d'inspiration et quatre-vingt-dix-neuf pour cent de transpiration !
Les trois autres savants éclatent de rire.
– C'est exactement ça ! On travaille à la sueur de notre front…, commence l'un.

– On fait mille expériences qui ratent…, ajoute l'autre.
– Et, finalement, l'une d'elles réussit ! conclut le dernier.
– Sans travail, pas de génie, résume Léa.
Tous se tournent alors vers le dernier magicien :
– Oh, moi, fait M. Bell en grattant son épaisse barbe blanche, que vous dirai-je ?

Fermant, les yeux, il énonce gravement :
– Lorsqu'une porte se ferme, une autre s'ouvre. Or, parfois nous contemplons tellement longtemps la porte close, pleins de regrets, que nous ne voyons même pas la nouvelle s'entrebâiller.
Ses compagnons applaudissent.
– C'est vrai ! renchérit M. Eiffel. Il y a toujours une autre voie !
– Donc, conclut Léa, il ne faut jamais perdre espoir.
Le constructeur de la plus grande tour du monde lui sourit :
– Croyez-vous que les secrets de notre magie intéresseront votre méchant sorcier ?
La petite fille n'a pas le temps de répondre : quelqu'un frappe violemment à la porte.

9

Le sorcier

Tom a l'impression que ses jambes se sont changées en compote.

Les coups résonnent de nouveau. M. Eiffel dit en riant :

– Ma parole ! Encore un invité inattendu !

Et il se dirige vers la porte.

– N'ouvrez pas ! lui crie le garçon.

Les quatre hommes le fixent comme s'il était devenu fou.

– C'est le sorcier ! poursuit-il. Ma sœur vous a dit la vérité. Il vous prend pour des magiciens, il veut vous voler vos secrets !

– N'aie pas peur, petit, intervient le Pr Pasteur. C'est un autre invité, voilà tout.

M. Eiffel ouvre la porte.

– NON ! hurle Tom.

Un coup de tonnerre assourdissant éclate ; une boule de feu pénètre dans la pièce en tourbillonnant.

Tom enfouit son visage dans ses mains.

Puis un grand silence tombe sur l'assemblée.

Le garçon écarte prudemment les doigts.

Léa se colle à lui, toute tremblante.

– Tom, fait-elle d'une petite voix effrayée. Qu'est-ce qui se passe ?

Une sorte de brume dorée emplit le salon. Au travers, on devine les quatre savants, bizarrement immobiles, à croire qu'ils ont été transformés en statues.

Et, dans l'encadrement de la porte, se tient une haute silhouette noire, enveloppée dans un long manteau, la tête dissimulée sous un capuchon.

– C'est lui ! piaille Tom. Il faut dire la formule ! Vite !

Il prononce les mots qu'il a appris par cœur :

– *À nos yeux, désormais, disparais !*

Puis il attend que Léa achève la comptine.

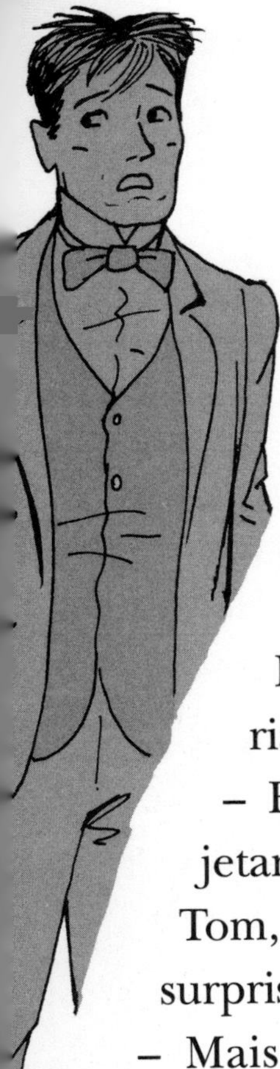

Mais la petite fille reste muette.

« Oh non ! pense le garçon, paniqué. Elle a oublié ! »

Alors, sa sœur se met à rire :

– Oh ! C'est VOUS !

Tom écarquille les yeux. La brume s'est dissipée. Le visage du sorcier semble luire à la lumière des lampes. Le garçon reconnaît aussitôt ces traits familiers, ces yeux bleus qui pétillent.

– Merlin ! lâche-t-il.

Le magicien le regarde en souriant.

– Bonjour, Merlin ! s'écrie Léa en se jetant dans les bras du vieil homme.

Tom, lui, n'est pas encore revenu de sa surprise. Il balbutie :

– Mais… que s'est-il passé ? Où est le méchant sorcier ?

De sa belle voix grave, Merlin déclare :

– Des méchants sorciers, il y en a beaucoup, dans le monde d'où je viens. Je peux toutefois vous assurer que pas un seul n'était présent à l'Exposition universelle aujourd'hui !

– Alors, le messager, c'était vous ! comprend Léa. C'est vous qui avez porté les invitations pour cette réception au sommet de la tour !

– Oui, dit le magicien, c'était moi. Je désirais réunir ces hommes remarquables ; je voulais vous offrir la chance de les rencontrer pendant les quelques heures que vous passeriez dans le Paris de cette époque.

Tom fronce les sourcils :

– En ce cas, pourquoi nous avoir raconté cette histoire de méchant sorcier ?

Merlin sourit d'un air taquin :

– Auriez-vous utilisé toute votre astuce et tout votre courage, si vous n'aviez pas cru à cette menace ? Auriez-vous pris autant à cœur la recherche de ces quatre « magiciens » et de leurs secrets ?

– Hmmm..., peut-être pas, reconnaît Tom.

– Devoir vaincre des difficultés vous oblige à mobiliser votre énergie, explique Merlin. Cela vous pousse à réfléchir et à agir plus vite. Ne souhaitez jamais voir tous vos problèmes disparaître ! Ce sont eux qui vous permettent d'atteindre votre but. Comprenez-vous cela ?

Les enfants opinent de la tête.

– Eh bien, reprend Merlin, quels sont donc les secrets de ces grands hommes ? J'aimerais bien le savoir !

– Pour réussir, il faut avoir le goût du risque et des grandes entreprises, affirme Tom.

– Plus on travaille, plus on a de chances d'y arriver ! ajoute Léa.

– Oui, enchaîne son frère, car le génie, c'est un pour cent d'inspiration et quatre-

vingt-dix-neuf pour cent de transpiration !
– Il ne faut jamais se décourager, termine Léa, et rester attentif : quand une porte se ferme, une autre s'ouvre !
– Magnifique ! s'exclame Merlin. Voilà des secrets bien précieux ! Et je suis sûr que, au cours de cette mission, non seulement vous les avez découverts, mais vous les avez *vécus* !
– Je crois que oui ! admet Tom.
Léa, cependant, jette un regard anxieux vers les quatre hommes pétrifiés :
– Et eux, Merlin ? Que vont-ils devenir ?
– Ne t'inquiète pas ! Ils vont retrouver le souffle et le mouvement dès que j'aurai quitté cette pièce.
– Pardon, Merlin, s'excuse Tom. J'ai failli vous faire disparaître !
Sa mine contrite amuse le magicien :
– Ce n'est pas grave. Cependant nous avons un petit problème : on ne doit jamais

laisser une formule magique inachevée flotter ainsi dans les airs !

– Oh ! fait le garçon. Alors, Léa doit prononcer sa phrase et faire disparaître quelque chose ?

– Exactement ! Si vous en profitiez pour me renvoyer à Camelot ?

– Bien sûr ! Mais vous voulez vraiment repartir si vite ?

– Oui, je dois me mettre en route sans tarder. Je ne voudrais pas troubler ces aimables messieurs. Je vous ferai signe très bientôt pour une autre mission. À présent, il est temps pour moi de… disparaître !

– Alors, au revoir, Merlin ! dit Tom.

Léa inspire un grand coup, puis elle prononce les mots de la formule en regardant le magicien :

– *Yé van yeu, yé van yélé !*

Un coup de tonnerre, un flash de lumière, et Merlin n'est plus là.

À cet instant, les nouveaux magiciens reprennent vie. M. Eiffel désigne la porte ouverte par où passe un fort courant d'air.

– Tu vois, petit, explique-t-il à Tom, ce n'était qu'un coup de vent.

Le garçon fait semblant d'être confus :
– Oh, en effet ! Je suis désolé !
– Ne t'inquiète pas, reprend M. Eiffel, ta sœur et toi, vous n'avez rien à craindre des sorciers et des magiciens. Nous vivons désormais dans le monde merveilleux de la science.
Se dirigeant vers la porte, il ajoute :
– Venez tous ! Venez admirer ce nouveau monde !
Les savants et les enfants sortent sur la terrasse éventée et s'accoudent à la balustrade.
M. Eiffel s'écrie :
– Paris est une bien belle ville, n'est-ce pas ?
Les faisceaux de lumière géants balaient la cité telles des comètes. Ils font étinceler les toits, les dômes, les clochers et l'eau de la Seine.
Sur le fleuve, les lampes clignotantes des péniches ressemblent à des lucioles.

D'une voix forte, pour couvrir les sifflements du vent, M. Edison lance :

– Grâce à M. Eiffel et à sa tour, nous pouvons admirer la ville tout entière !

– Grâce à M. Edison, intervient le constructeur, les dix mille becs de gaz de Paris seront bientôt remplacés par des lampadaires électriques !

– Grâce à l'institut du Pr Pasteur, renchérit M. Bell, nous saurons bientôt soigner la plupart des maladies !

– Et grâce à M. Bell, plaisante Louis Pasteur, je vous harcèlerai bientôt de coups de téléphone pour vous tenir au courant de mes recherches !

Tous se mettent à rire.

– Ce n'est que le début ! s'enthousiasme Léa. Un jour, les gens se promèneront avec de minuscules téléphones dans leur poche et bavarderont dans la rue avec leurs amis du bout de la Terre !

– Euh, Léa…, intervient son frère. Il est tard, on devrait peut-être s'en aller.

Il craint soudain que les quatre savants devinent que lui et sa sœur viennent du futur ! Mais Léa continue sur sa lancée :

– Il y aura des machines, appelées ordinateurs, qui donneront n'importe quelle information à n'importe quel moment…

– Léa !

– … et regardez ! s'écrie-t-elle en désignant la grosse boule pâle qui brille dans le ciel. Un jour, on marchera sur la Lune !

Les quatre savants rient de bon cœur.

– Tu as une merveilleuse imagination, petite ! dit gentiment M. Eiffel.

– Or, sans le pouvoir de l'imagination, poursuit M. Edison, aucun de nous ne serait ici ce soir !

– Oh, c'est vrai ! s'empresse d'approuver Tom. Mais il est grand temps que nous repartions chez nous.

– Où ça, le taquine M. Eiffel. Sur la Lune ?
– Non, non ! Nous habitons… euh… assez loin, près du bois de Belleville.
– Et comment allez-vous vous y rendre ?
– Grâce à notre cabane magique, répond Léa.
De nouveau, tous s'esclaffent. Tom s'efforce de rire avec eux :
– Ah, ah ! Très drôle, Léa ! Allez, viens, on y va !
– Eh bien, les enfants, conclut M. Eiffel, bon voyage dans cette extraordinaire cabane ! Vous avez été des hôtes charmants. Revenez me voir quand vous voudrez !
Tom et Léa saluent les quatre hommes. Puis ils affrontent dans l'autre sens les mille six cent cinquante-deux marches de la tour Eiffel.

10

Bonne nuit, magiciens !

Tom et Léa descendent, descendent, descendent…

Les voilà enfin tout en bas.

Ils s'aperçoivent alors que le tandem a disparu.

– Les personnes qui nous l'ont prêté sont sans doute venues le reprendre, suppose Tom.

– Sûrement !

Alentour, c'est le silence. Le bruit et l'agitation de la journée ont cessé ; l'Exposition universelle, cette « encyclopédie vivante », s'est endormie. Les enfants se sentent soudain très fatigués.

– On rentre à la maison ? propose Léa.

– Oh, oui ! soupire son frère.

Tous deux prennent le chemin du retour. Ils franchissent le pont, traversent l'avenue.

– Ces grands savants étaient vraiment gentils, reprend Léa.

– Oui. Ils ont fait des découvertes extraordinaires ; pourtant, ils se conduisent comme des gens ordinaires.
– Ils ne veulent pas le croire mais, en réalité, ce sont de vrais magiciens !
Arrivés dans le jardin, les enfants se dirigent vers l'arbre où les attend la cabane magique. Ils grimpent à l'échelle.
Puis ils se postent un moment à la fenêtre pour jeter un dernier regard sur le Paris de cette époque.
La tour Eiffel semble veiller sur la ville, caressant les toits de ses faisceaux lumineux.
Tom sort de sa sacoche la lettre de Merlin ; il pose le doigt sur les mots « bois de Belleville » et prononce la phrase habituelle :
– Nous souhaitons retour…
Avant qu'il ait pu terminer, une clarté éblouissante l'oblige à fermer les yeux :

l'un des rayons de lumière de la tour s'est arrêté sur la cabane !
Les deux enfants agitent les bras en criant :
– Bonne nuit, grands magiciens !

Le faisceau lumineux reprend son mouvement. Et Tom finit sa phrase :

– … retourner ici !

Le vent se met à souffler, la cabane à tourner.

Elle tourne plus vite, de plus en plus vite.

Puis tout s'arrête, tout se tait.

Les enfants ont retrouvé leurs tenues habituelles. La lumière du soir dore l'intérieur de la cabane. Le temps n'a pas passé, dans le bois de Belleville.

– C'était un beau voyage ! souffle Tom.

– Un voyage super !

Le garçon sort de son sac à dos le livre sur l'Exposition universelle et le dépose sur le plancher avec la lettre de Merlin. Il ne garde que le livre donné par Teddy et Kathleen.

– Il nous reste trois formules pour notre quatrième mission, fait-il remarquer.

– Et surtout, ma préférée ! taquine Léa.

J'espère qu'on pourra l'utiliser, cette fois ! Coin, coin !

– Très drôle ! Bon, on y va ?

Et, l'un derrière l'autre, ils redescendent par l'échelle de corde.

Ils suivent le sentier, et le monde autour d'eux leur paraît de nouveau banal et familier.

– Je ne peux pas croire qu'on a rencontré ces grands personnages ! murmure Tom. Tu te rends compte ! J'ai serré la main à Thomas Edison !

– Quand Merlin a déclaré qu'on avait vécu leurs secrets, qu'est-ce qu'il voulait dire ? demande Léa.

– C'est simple ! On ne se serait pas embarqués dans une pareille mission si on n'avait pas le goût du risque et des grandes aventures, comme Gustave Eiffel.

– Ah, oui ! s'écrie Léa. Et on a bien transpiré, quand on a monté toutes ces marches !

– On n'a pas perdu espoir quand on a trouvé la porte de l'Institut fermée, continue Tom. On a attendu qu'une autre porte s'ouvre.

– On a travaillé en lisant le livre sur l'Exposition universelle. Du coup, on a tout de suite réagi quand on a entendu quelqu'un appeler Thomas Edison « le magicien de Menlo Park » !

– On a surtout eu la chance de rencontrer ces gens sur leur tandem !

– Ça, à mon avis, ce n'était pas de la chance…

– Comment ça ? s'étonne Tom.

– Ils étaient bien petits, pour des

adultes ! Et le « monsieur » portait une drôle de barbe ; on aurait dit une fausse…

– Je n'ai pas fait très attention. J'avais si peur qu'on échoue dans notre mission !

– Tu n'as pas remarqué non plus la drôle de voix pointue de la « dame » ? Ni la voilette qui lui couvrait le visage ? Et quand le barbu nous a conseillé de « filer comme le vent » ! Ça ne t'a pas paru bizarre que ce soit justement une de nos formules magiques ?

Un grand sourire éclaire le visage de Tom :

– Ces deux-là, c'était Teddy et Kathleen, tu crois ?
– Ça se pourrait bien ! Rappelle-toi, pendant nos précédentes missions, on a eu l'impression qu'ils étaient toujours avec nous au bon endroit, au bon moment !
– La prochaine fois, dit Tom, on réussira peut-être à les démasquer !
Léa se met à rire :
– Oui ! ce sera à notre tour de les attraper, pour changer !

À cet instant, une clochette tinte non loin de là.
– Le marchand de glaces ! s'écrie Léa. Vite !
– Oh ! fait Tom. Tu as encore assez d'argent ?
La petite fille fouille dans sa poche :
– Ben..., on ne prendra qu'une boule chacun !

La cloche sonne de nouveau. Tom et Léa s'élancent en courant, dans la belle lumière de ce soir d'été.

À suivre…

Découvre vite la suite des aventures de Tom et Léa dans le prochain tome :

31. Au secours de la licorne

La Cabane Magique

1 - La vallée des dinosaures
2 - Le mystérieux chevalier
3 - Le secret de la pyramide
4 - Le trésor des pirates
5 - Perdus en forêt amazonienne
6 - Le sorcier de la préhistoire
7 - Le voyage sur la Lune
8 - Panique à Pompéi
9 - Le terrible empereur de Chine
10 - L'attaque des Vikings
11 - Course de chars à Olympie
12 - Sauvés par les dauphins
13 - À la poursuite des voleurs de chevaux
14 - Dans la gueule des lions
15 - Danger sur la banquise
16 - Les dernières heures du *Titanic*
17 - Sur la piste des Indiens
18 - Piégés dans la jungle
19 - Au secours des kangourous
20 - Sous le feu des projecteurs
21 - Gare aux gorilles !
22 - Drôles de rencontres en Amérique
23 - Grosses vagues à Hawaï
24 - Au royaume du roi Arthur
25 - Les mystères du château hanté
26 - À la recherche de l'Épée de Lumière

27 - L'étrange palais de glace
28 - Venise en péril
29 - Tempête de sable
30 - Rencontres en haut de la tour Eiffel
31 - Au secours de la licorne
32 - Le dragon du mont Fuji
33 - Le secret de Léonard de Vinci
34 - Un monstre sous les mers
35 - Expédition chez les manchots
36 - Fête enchantée au palais
37 - Fantômes à La Nouvelle-Orléans
38 - Enlèvement au pays des farfadets
39 - Le voleur de Londres
40 - Face au cobra
41 - Le chien des neiges
42 - Rendez-vous avec le président Lincoln
43 - Un refuge pour les pandas
44 - Alexandre et l'indomptable cheval
45 - Spectacle de magie avec Houdini
46 - Mission en Égypte
47 - Coupe du monde à Mexico
48 - Chaos chez les Mayas
49 - Chiens de traîneau en Alaska
50 - Le dragon de feu
51 - Le roi du baseball
52 - Ouragan au Texas
53 - Espions dans la légion romaine

Si tu as envie de nous donner
tes impressions sur la série
ou nous parler de tes propres voyages,
réels ou imaginaires,
n'hésite pas à nous écrire !

N'oublie pas d'écrire
ton nom et ton adresse
sur la lettre !